Agnès Grimaud

Effroyable Mémère, incroyable sorcière

Illustrations
Luc Melanson

Catalogage avant publication de
Bibliothèque et Archives Canada

Grimaud, Agnès, 1969-
Effroyable Mémère,
incroyable sorcière
(Roman bleu ; 14)
Pour les jeunes de 10 ans et plus.

ISBN 2-89512-480-9
I. Melanson, Luc. II. Titre.
PS8613.R56E34 2006 jC843'.6 C2005-941137-6
PS9613.R56E34 2006

© Les éditions Héritage inc. 2006
Tous droits réservés
Dépôts légaux: 1er trimestre 2006
Bibliothèque nationale du Québec
Bibliothèque nationale du Canada
Bibliothèque nationale de France

ISBN 2-89512-480-9
Imprimé au Canada

10 9 8 7 6 5 4 3 2 1

Direction de la collection
et direction artistique:
Agnès Huguet
Conception graphique:
Primeau & Barey
Révision-correction:
Chantale Cusson

Dominique et compagnie
300, rue Arran
Saint-Lambert (Québec)
J4R 1K5 Canada
Téléphone: (514) 875-0327
Télécopieur: (450) 672-5448
Courriel:
dominiqueetcie@editionsheritage.com
Site Internet:
www.dominiqueetcompagnie.com

Nous remercions le Conseil des Arts
du Canada de l'aide accordée à notre
programme de publication. Nous reconnaissons l'aide financière du gouvernement du Canada par l'entremise du
Programme d'aide au développement
de l'industrie de l'édition (PADIÉ) pour
nos activités d'édition.

Nous reconnaissons l'aide financière du
gouvernement du Québec par l'entremise du Programme de crédit d'impôt
pour l'édition de livres–SODEC–et du
Programme d'aide aux entreprises du
livre et de l'édition spécialisée.

*À Pierre-Yves, avec
qui il a été fabuleux de
se donner le mot*

rivière des Profondes profondeurs
vallée des Graminées
forêt des Pins sauvages
cité des Pommes de pin
forêt des Feuillus touffus
N
O
E
S

Chapitre 1

Une forêt, un garçon et un drôle d'oiseau

On ne savait pas si c'était par la force du vent ou par la force des choses que Xavier avait atterri au beau milieu de la forêt des Feuillus touffus. Il y habitait une clairière inondée de lumière, à l'abri du vent. Des érables géants, des hêtres trapus et des bouleaux à la silhouette élancée formaient une ronde protectrice autour de sa cabane. C'était un logis de dimensions modestes, construit en bois rond : il abritait une seule pièce carrée avec un lit, une table, un banc, deux tabourets et trois tablettes. Un foyer en pierres des champs ouvrait sa large gueule noircie sur le mur situé au nord. Lorsque Xavier allumait un feu, l'âtre réchauffait les lieux de son haleine brûlante. À part les pierres de la cheminée, tout le reste était en bois : le plancher, le mobilier et même la vaisselle, que Xavier avait fabriquée en écorce de bouleau.

Un imposant jardin entièrement biologique occupait un espace beaucoup plus vaste que la cabane elle-même et ressemblait à une arène. Des variétés impressionnantes de fruits et de légumes livraient une bataille quotidienne aux mauvaises herbes, aux intempéries et aux écureuils, ces éternels déterreurs de racines. Xavier était particulièrement fier de la section des plantes médicinales, dont il prenait le plus grand soin. Il avait inventé une multitude de remèdes sous forme de tisanes ou de pommades pour guérir les animaux blessés qui le visitaient régulièrement. Les journées passaient vite. Il y avait toujours une bête à soigner, un truc à réparer ou de l'eau à aller puiser à la rivière.

Bien sûr, Xavier devait chasser pour survivre. Il maniait l'arc aussi bien que Robin des Bois et pouvait atteindre un chevreuil à une distance de cinquante pas. Il était même capable de pêcher les poissons à la main. Toutefois, il n'aimait guère tuer des animaux et se passait volontiers de viande l'été et l'automne, au moment des récoltes abondantes. Xavier détestait par-dessus tout les braconniers, qui ravageaient la forêt. Il s'efforçait de détruire les pièges que ces hors-la-loi camouflaient un peu partout sous les arbres ou dans les souches. Il avait déjà sauvé la vie à au moins soixante-six lapins, dix-neuf renards et sept biches. En dehors des braconniers, qu'il ne voulait surtout pas fréquenter, Xavier n'avait jamais rencontré en ces bois quelqu'un avec qui discuter. Il appréciait certes le langage de la nature, mais parler humain lui manquait de plus en plus.

Comme Xavier avait un grand cœur, tout ce qu'il faisait était bien. Sa vie bascula à cause de cette bonté, par une douce soirée de mai. Il se rendait à la rivière lorsqu'il découvrit une étrange créature mutilée par un piège de braconnier. La puissante mâchoire s'était refermée sur les jambes de la victime, les tranchant net au niveau des chevilles. Xavier s'empressa de la secourir et la déposa au creux de sa main. L'étrange créature était une minuscule femme, vêtue d'une tunique fabriquée en écailles de pomme de pin : «Merci infiniment, jeune homme. Pourriez-vous ramasser mes pieds et me les rendre ?» Xavier, éberlué, s'exécuta. La dame prit ses pieds, les remit au bout de ses chevilles meurtries et les recolla par une opération magique. Elle se leva, chatouilla la paume de Xavier en exécutant un pas de danse, question de vérifier qu'elle avait bien retrouvé l'usage de ses jambes. Puis, elle secoua sa splendide chevelure de boucles noires avant de regarder le garçon droit dans les yeux :

– Vous m'avez sauvé la vie.

– Euh… Hum… D'après ce que je viens de voir, vous n'aviez pas besoin de moi.

– Oh que si ! Je suis une fée et j'ai plein pouvoir dans mon univers. Mais dans le vôtre, je suis sans défense. Je serais morte au bout de mon sang sans votre intervention, parce que je ne connais pas de sort assez puissant pour contrer la cruauté humaine. Seule la main d'un homme bienveillant pouvait me sauver. Comment vous appelez-vous ?

– Euh… Xavier.

– Enchantée. Je suis la princesse Pomme de pin et je vous nomme chevalier des Pommes de pin afin de vous remercier.

Xavier n'eut pas le temps d'ajouter un « euh » de plus que la fée avait déjà disparu dans le sous-bois.

• • •

Quelques jours plus tard, en se promenant à la recherche de plantes sauvages, Xavier aperçut un pic-vert emprisonné dans une cage. L'oiseau portait un superbe costume de plumes qui lui donnait l'air d'un justicier. Une longue cape vert olive lui couvrait le dos et un casque de duvet rouge vif lui protégeait la tête. Mais le plus intrigant était ce bandeau noir lui masquant le regard. « Encore et toujours ces maudits braconniers ! » pensa Xavier en libérant le pic-vert. En vérité, ce drôle de moineau était un agent en mission pour le compte de la princesse Pomme de pin, et il avait des pouvoirs magiques. (Chut ! C'est top secret !)

Le pic-vert et le garçon esseulé devinrent rapidement les meilleurs amis du monde. En plus de parler humain, l'oiseau avait un sens de l'humour dont Xavier raffolait et il ponctuait chacune de ses blagues du cri moqueur caractéristique des pics-verts. «Koui koui koui koui kouik!»

Voici la première plaisanterie que l'oiseau inventa pour Xavier :

– Sais-tu comment les ours font pour descendre des arbres ?

– Les ours sont d'excellents grimpeurs. Ils vont et viennent dans les arbres sans difficulté.

– Pas du tout. Pour descendre des arbres, ils s'installent sur une feuille et attendent patiemment l'automne.

– Ha ! Ha ! Ha !

Imperturbable, le pic-vert enchaîna :

– Sais-tu pourquoi les castors ont la queue plate ?

– Parce que c'est comme ça.

– Xavier, ta réponse est aussi plate

que leur queue ! Les castors ont la queue aplatie, car ils ont eu l'imprudence de se promener sous les arbres, en automne, durant la chute des ours.

Depuis, l'oiseau avait bien dû raconter cette blague cent fois et toujours Xavier s'esclaffait, tandis qu'un « koui koui koui koui kouik ! » aigu et plein de gaieté retentissait dans la forêt.

Un des nombreux talents du pic-vert consistait à créer des pièces de théâtre aériennes, dont il interprétait tous les personnages. Son rôle préféré était celui du justicier ailé. L'oiseau se prenait pour Zorro, en raison de sa cape et du bandeau noir qui lui cachait mystérieusement les yeux. Hop ! Il pointait une aile en guise d'épée et s'élançait d'un vol onduleux à la poursuite d'un méchant brigand. « Pif ! Paf ! Pouf ! Et toc ! Que je t'enfonce la pointe de mon épée en plein cœur ! » Ensuite, le pic-vert jouait le bandit mortellement blessé qui se vidait de son sang. Il piquait du bec, à vive allure, en hurlant des « aïe-ahhh-euh » avant de s'écraser au sol. Xavier ne se lassait pas de ce divertissement.

Le garçon avait surnommé son compagnon Titanouc parce que l'oiseau adorait plonger dans la rivière et qu'il pouvait rester fort longtemps sous l'eau, à la recherche de pépites d'or. Il avait besoin de cet or pour décorer les extraordinaires toupies de bois qu'il sculptait admirablement, grâce à son bec effilé, dans des branches mortes d'érable ou de hêtre. Le pic bricoleur avait construit sa cabane au sommet d'un bouleau. C'était la réplique en miniature du logis de Xavier : une modeste et confortable habitation en bois rond d'une seule pièce. Dans les faits, le pic-vert logeait la plupart du temps chez Xavier. En cinq mois, ces deux-là étaient devenus inséparables. Ils partageaient un quotidien rempli de rires où chacun vaquait à ses occupations et où l'un et l'autre se retrouvaient toujours avec plaisir. Malheureusement, par une fraîche matinée de septembre, une horrible sorcière mit fin à ce bonheur. Elle s'appelait Effroyable Mémère.

Chapitre 2

Une effroyable sorcière

Voulez-vous vraiment savoir à quoi ressemblait Effroyable Mémère ? Elle avait les cheveux si sales que même un puissant aspirateur n'aurait pu lui nettoyer le fond du crâne. Cette chevelure négligée formait un réseau de nœuds qui se dressait sur sa tête comme du fil de fer barbelé. Ses dents, aussi noires que du charbon, n'étaient guère mieux entretenues. Qu'elle ait un petit nez de rien du tout, un nez tout riquiqui, même pas un vrai nez de sorcière, ne l'empêchait guère d'être redoutable. Ce qu'il y avait de pire chez elle, c'était son odeur. Elle ne faisait aucun effort pour sentir bon. Son parfum préféré était celui du boudin de dinosaure, une « fragrance » répugnante qu'on pouvait humer à des kilomètres à la ronde.

Le repaire d'Effroyable Mémère était situé à sept minutes de la cabane de Xavier. Sept minutes à vol d'oiseau. À pied, c'était une autre affaire. Il fallait longer les sinuosités de la rivière durant plusieurs heures. Aussi Xavier et la sorcière ne s'étaient-ils jamais rencontrés. Par contre, dès que le vent soufflait vers le sud, le jeune homme sentait son horrible présence. Le boudin de dinosaure empestait alors la clairière. Ouh là là ! Quelle puanteur ! Les chevreuils, les ours et les renards s'enfonçaient le museau dans la terre... Par chance, Xavier avait trouvé un truc efficace pour se boucher le nez : il utilisait une pince à linge. Cependant, quand il l'enlevait, ses narines restaient collées ensemble et il devait se moucher avec force pour les séparer. Quelle histoire ! Quelle aventure !

Effroyable Mémère, en plus d'être d'une laideur extrême et de puer le boudin de dinosaure, était d'une incroyable cruauté. Dès qu'elle voyait un papillon ou une coccinelle, elle lui déchirait les ailes. Quand elle passait à côté d'une fleur, elle l'arrachait. Elle capturait les bestioles rampantes et les faisait rôtir pour en faire des chips de sorcière. Ses préférées étaient les cloportes au barbecue et les araignées au vinaigre. D'ailleurs, à force de manger autant de chips, elle était devenue grassouillette. De la tête aux pieds, plus exactement de la racine des cheveux aux gros orteils, Effroyable Mémère était d'une méchanceté déconcertante. Si elle avait pu tordre les rayons du soleil, elle l'aurait fait sans hésiter. Mais elle possédait fort peu de pouvoirs, sinon celui de faire souffrir les autres. Elle était allergique aux sourires et aux câlins, qui lui donnaient de l'urticaire. En somme, ce n'était pas quelqu'un d'aimable et personne ne l'aimait. Tout le monde la détestait, simplement parce qu'elle était en guerre avec tout le monde.

• • •

Ce matin-là, l'horrible personnage avait décidé de cuisiner son déjeuner favori : un croquant de pattes de pie bavarde. Plus l'oiseau avait souffert, meilleure en était la saveur. La sorcière prépara un appât, dont elle seule connaissait la recette : une boulette de boue à laquelle elle mélangea une infime quantité de sang de dragonnet séché. Elle utilisait ce poison foudroyant au compte-gouttes parce qu'elle ne voulait pas s'empoisonner à son tour en dégustant l'oiseau. De plus, elle désirait seulement paralyser la pauvre bête pour pouvoir ensuite la faire mourir de peur. Une telle agonie rendait les pattes beaucoup plus croustillantes. Effroyable Mémère recouvrit sa boulette de boue d'une fine poussière d'or. Tout le monde sait que les pies bavardes sont attirées par les objets brillants. Or, ce n'est pas une pie bavarde qui fut piégée…

Dès l'aube, Titanouc était parti à tire-d'aile en quête de pépites d'or. Il venait justement d'en trouver une, d'un éclat et d'une grosseur incroyables, sur la berge de la rivière, à quelques minutes de vol de la clairière. Malheur ! Comme il prenait la pépite dans son bec, un courant d'air glacé lui traversa le corps. Clac ! Il était paralysé ! Seules ses plumes continuaient à frémir dans la tiédeur de la brise. Effroyable Mémère fut drôlement

contrariée d'avoir attrapé un pic-vert, car ses pattes sont si amères qu'on ne peut rien en tirer. D'un geste enragé, elle jeta donc l'oiseau dans une cage en fer. Mais au bout d'une heure, le sang de dragonnet ayant cessé d'agir, le pic-vert retrouva l'usage de ses membres et fit un boucan d'enfer en tambourinant sur les barreaux avec son bec. À bout de nerfs, la sorcière lui lança un morceau d'érable.

Titanouc sculpta une magnifique toupie sur-le-champ. On aurait dit qu'elle était fabriquée en dentelle de bois. Plus surprenant encore, elle tournait sur elle-même à la vitesse de l'éclair en jouant un air de tango. La sorcière, qui n'avait jamais entendu la moindre musique, était fascinée. Les notes du piano et du bandonéon s'entrechoquaient sur un envoûtant

« parrrapapam… parrrapapapam… parrrapapam… » Effroyable Mémère mourait d'envie de posséder cette toupie. Elle était néanmoins trop orgueilleuse pour la demander à Titanouc.

Que faire pour obtenir cet objet fabuleux ? Effroyable Mémère le prit finalement de force, sans que le picvert, pacifique jusqu'au bout des plumes, résiste à son assaut. Mais le jouet se brisa et Titanouc refusa de le remettre en état. Il expliqua à la sorcière que ses toupies se cassaient toujours lorsqu'elles étaient tenues par des mains pleines de méchanceté. « Je ne veux pas être bonne. Je suis très, très vilaine et je le resterai », s'écria Effroyable Mémère. « Dis-moi ce que tu voudrais en échange pour réparer la toupie. » Titanouc réfléchit avant de répondre :

– J'aimerais que vous alliez me quérir des sacs de grains. Du maïs, de l'avoine et du blé.

– Fa, fa ! s'exclama la sorcière.

– Fa, fa ? reprit l'oiseau, perplexe.

– Ben oui. C'est une mission facile. Fa, fa quoi !

– Je n'en suis pas si sûr. J'ai besoin de grains résistant aux OGM.

– Aux quoi ? !

– Aux OGM. Les ogrelets gobe-moissons. Voyez-vous, ces ogrelets sont de vrais voyous qui saccagent et engloutissent toutes les récoltes de la contrée d'où je viens…

– Soit. Tes graines anti-OMG…

– OGM.

– OMG, OGM, je m'en fiche, bon ! Ces graines, où les trouve-t-on ?

– Au dépôt de grains de la vallée des Graminées.

– Qu-quoi ? ! s'écria la sorcière, qui faillit s'étouffer.

– Vous m'avez fort bien entendu.

– Tu veux que je passe par la cité des Pommes de pin et que je franchisse la forêt des Pins sauvages ! T'es fou ou quoi ? !

– Je vois que vous connaissez le chemin de la vallée des Graminées, conclut Titanouc sans relever l'insulte.

– Je le connais parfaitement. Comment crois-tu qu'on va m'accueillir à la cité des Pommes de pin, hein ? petit rigolo à plumes !

Effroyable Mémère était vraiment irritée. Pour entrer dans la cité des Pommes de pin, il fallait dégager une odeur d'arbre ou de fleur, comme le pin, le sapin ou la lavande. Or, la sorcière jugeait le parfum de la lavande écœurant et préférait mille fois fleurer le boudin de dinosaure. Par ailleurs, la vallée des Graminées était située sur la rive opposée de la rivière des Profondes profondeurs, à des jours de marche.

– Me jures-tu sur toutes les plumes de ton corps que, si j'accomplis cette mission, tu répareras ma toupie ?

– Je ferai mieux : je vous en sculpterai une plus belle, plus rapide, plus sonore et… incassable.

– Avec le même « parrrapapam » ?

– Hum, hum.

– Et si je ne revenais pas ? Je vais devoir parcourir la forêt des Feuillus touffus, pénétrer dans la cité des Pommes de pin et, surtout, surtout, sillonner la terrible forêt des Pins sauvages. Ensuite, va savoir comment je vais traverser la rivière des Profondes profondeurs…

–J'avoue que c'est très risqué. D'autant qu'en cette saison les dragons d'argent n'ont pas encore tous migré vers le Sudiskan et qu'ils sont plutôt affamés.

–Satapoisse! Les dragons d'argent, je les avais complètement oubliés, se lamenta la sorcière.

Puisqu'elle convoitait la toupie de Titanouc plus que tout au monde, Effroyable Mémère se résigna à partir pour la vallée des Graminées. Titanouc lui remit un cloporte, une araignée et une chenille. «Hum! Cela fera de succulentes chips de sorcière», s'exclama-t-elle en les enfermant dans un bocal. Le pic-vert était découragé, car il lui donnait ces bestioles pour qu'elles l'aident et non pas pour qu'elles soient dévorées. «Comment veux-tu qu'un minuscule cloporte m'aide ? » ronchonna-t-elle. « Vous verrez… » répliqua l'oiseau. La méchante sorcière refusa de le libérer et le laissa sous la garde de son furet cracheur de pets. Philosophe, Titanouc la salua en lui souhaitant du beau temps pour son voyage.

Chapitre 3

Un temps pourri pour un caractère de cochon

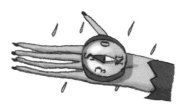

Effroyable Mémère, qui n'avait aucun sens de l'orientation, était partie vers le sud plutôt que de se diriger vers le nord, tel qu'elle aurait dû le faire. Il pleuvait à boire debout et elle avançait péniblement en s'enfonçant dans une gadoue collante. Elle était trempée et gelée, ce qui n'arrangeait pas sa mauvaise humeur. Aussi se lamentait-elle, seule en pleine forêt : « Ce satané pic-vert m'a souhaité du beau temps et, satapoisse de satapoisse, je reçois des seaux d'eau sur

la tête depuis que j'ai quitté mon repaire. » Il ne lui vint même pas à l'esprit que Titanouc lui-même avait pu
lui envoyer ce temps pourri, parce
qu'elle n'avait pas encore compris qu'il
était un oiseau magique. Ce déluge
offrait malgré tout un net avantage :
la sorcière ne sentait plus le boudin
de dinosaure. Elle embaumait désormais le parfum des feuilles mouillées.

Elle avait tant marché sous la pluie
qu'elle était tombée malade. Elle se
mouchait bruyamment dans sa man-
che et de longs vers lui sortaient du
nez. Il faut préciser que les sorcières
rendent des vers par les narines quand
elles sont fiévreuses. Ce fait dégoû-
tant remonte à la nuit des temps,
le saviez-vous ? De plus, la longueur
des vers indique la gravité de la ma-
ladie. Or, les vers de nez d'Effroyable

Mémère étaient plus longs que son bras.

Bref, elle était sérieusement amochée. Ses jambes et son dos lui faisaient mal à tel point qu'elle avait l'impression de transporter une marmite en fonte sur ses épaules à la place de son balluchon. Elle était complètement perdue et voyait sa dernière heure arriver lorsqu'elle aperçut une habitation au loin. Elle s'y rendit de peine et de misère, et cogna à la porte. Xavier lui ouvrit. Effroyable Mémère ne pouvait tomber mieux : elle allait avoir la vie sauve. Le jeune homme la guérit grâce à sa super-diète contre la grippe. Il lui servit du fumet de poisson assaisonné de thym avec des galettes au tournesol et du jus de violette. Il lui débloqua même le nez grâce à sa pommade de résine de sapin. Après trois jours, la sorcière pétait le feu alors que, dehors, il pleuvait encore. Devoir reprendre les routes toujours pleines de gadoue la décourageait profondément. Aussi demanda-t-elle à Xavier s'il possédait un âne, un cheval ou, mieux, une charrette. Il éclata de rire : « Je ne possède que mes pieds pour voyager. C'est encore ce qu'il y a de plus fiable. » Effroyable Mémère maugréa : « Ça ne sert à rien, des pieds, sauf à faire mal et à sentir mauvais. »

Elle arrêta net de rouspéter en remarquant la magnifique collection de toupies en bois de Xavier posées sur une tablette. Elle examina le garçon de la tête aux pieds avant de lui demander s'il ne connaissait pas, par hasard, un pic-vert ayant d'étranges talents de sculpteur. « C'est mon ami. Il a disparu et je le cherche partout.

Savez-vous où il est ? » répondit Xavier, tout excité. Effroyable Mémère fit alors surgir le fantôme de Titanouc, qui se mit à voltiger en tous sens dans la cabane avant de se dissiper dans un nuage de poussière. Xavier, effrayé par cette saisissante apparition, bégaya :

– Qu'a-qu'avez-vous fait à-à Ti-Ti-Titanouc ?

– Ti-ti-ti-ti ! Taratatouin ! lui lança la sorcière. Je l'ai emprisonné, ton petit rigolo à plumes. Et je t'emprisonne, toi aussi.

Revenu de sa peur, Xavier fulminait :

– Je vous héberge, je vous soigne et vous, vous m'emprisonnez. Quel genre de personne êtes-vous donc ? !

– Groin, groin, groin, fit la sorcière en riant comme un cochon.

– Sortez d'ici ! Espèce d'ingrate, d'infidèle, de… de boudin !

La sorcière rit de plus belle. Elle faisait autant de vacarme que cinquante porcs réunis, tout en marmonnant des choses incompréhensibles. Xavier voulut la chasser et découvrit avec horreur qu'il était incapable de bouger. Ses pieds étaient pris dans de la glu. Effroyable Mémère jubilait: «Bon débarras, te voilà cloué sur place! Et si tu me dis un seul mot désagréable, la glu se fixera sous ta langue. Oh là là! Qu'est-ce que je m'amuse!»

Effroyable Mémère cessa rapidement de rigoler parce que sa propre langue s'était transformée en tranche de bacon. «Qu'est-ce que je m'amuse, moi aussi! Koui koui koui koui kouik!» siffla Titanouc (le vrai, pas son fantôme!) en jaillissant de la cheminée. Il secoua ses plumes noircies de cendre et déclara: «Vous devez vraiment avoir un caractère de cochon pour qu'il vous pousse une telle tranche de bacon… » Tous les maléfices de la terre des sorcières défilaient dans le regard furieux d'Effroyable Mémère sans qu'aucune formule magique puisse sortir de sa bouche. De toute façon, Titanouc n'avait pas fini de parler : « Cela m'était égal d'être votre prisonnier. Mais quand j'ai vu ce que vous faisiez à mon brave Xavier, j'ai foncé jusqu'ici après avoir pétrifié votre furet cracheur de pets. Surprise ! Moi aussi, j'ai des pouvoirs magiques… »

Titanouc ordonna à Effroyable Mémère de délivrer Xavier de son mauvais sort. Si elle ne s'exécutait pas, elle garderait sa langue de bacon toute sa vie. La sorcière soupira bruyamment : du coup, sa drôle de langue s'allongea jusqu'à lui toucher le bout du nez.

Titanouc et Xavier éclatèrent de rire. Indignée, Effroyable Mémère prononça tant bien que mal une formule magique : « Microcrottes, macrocrottes, ôte la glu de ces bottes. » La glu sous les semelles de Xavier disparut aussitôt. Titanouc applaudit des ailes : « Quel événement réjouissant ! Koui koui koui koui kouik ! » J'espère que vous éviterez dorénavant les formules magiques désobligeantes. Je resterais bien avec vous. Malheureusement, j'ai une mission de la plus haute importance à accomplir. » Sur ce, l'oiseau s'envola par la cheminée après avoir bécoté Xavier.

Humiliée, Effroyable Mémère était sans voix. Xavier, lui, demeurait silencieux, attristé par le départ de Titanouc. La sorcière parla enfin : « Ce n'est pas tout, je dois me rendre à la vallée des

Graminées avant de revoir ce satané…
moineau ! Adieu, monsieur. » Xavier
lui barra le chemin : « Avez-vous dit
que vous allez revoir Titanouc ? Dans
ce cas, je viens avec vous. » Effroyable
Mémère protesta. Peu importe, il fit
son balluchon sans l'écouter (en deux
minutes quarante-sept secondes). La
sorcière se fâcha, jurant qu'elle n'avait
pas besoin d'un accompagnateur. Le
garçon lui rappela qu'elle n'était même
pas capable de soigner une grippe ni
de faire disparaître une langue de bacon. « Comment voulez-vous mener
seule une telle expédition, alors que
vous possédez si peu de pouvoirs magiques ? » lui demanda-t-il sans mé-
nagement. Effroyable Mémère était
vexée, mais Xavier avait raison. Elle
dut accepter l'évidence…

•••

C'est ainsi que l'impensable se produisit : Effroyable Mémère, cette chipie que personne n'aimait, car elle était en guerre avec tout le monde, avait trouvé un compagnon de route. Bon d'accord : entre Xavier et elle, ce n'était pas l'amour fou. N'empêche qu'ils marchaient côte à côte et qu'ils étaient là l'un pour l'autre. La sorcière n'eut pas le choix de devenir un tantinet aimable étant donné que Xavier lui rendait d'inestimables services. Il connaissait les moindres recoins de la forêt et c'était un excellent chasseur. Effroyable Mémère l'admirait en secret parce qu'il ne ratait jamais sa cible. « Ton arc est magique », lui disait-elle. « Je sais simplement viser », répondait-il.

Chapitre 4

À la cité des Pommes de pin

Xavier et Effroyable Mémère progressaient vers la vallée des Graminées depuis une semaine. Ils avaient sillonné la forêt des Feuillus touffus sans encombre, sur des chemins parfois abrupts, dans un univers qui leur demeurait toutefois familier. Quand ils arrivèrent à la cité des Pommes de pin, les choses changèrent du tout au tout. La cité était entourée d'un large fossé et protégée par un rempart dont l'unique accès consistait en un pont-levis. Un garde pas plus grand qu'une

main, quoique fort autoritaire, sur-
veillait l'entrée. Il portait une simple
tunique d'écailles de pomme de pin
en guise d'armure. Xavier se rappela
que la princesse Pomme de pin était
également vêtue d'une tunique de ce
genre lorsqu'il l'avait secourue. Il en
déduisit que ce devait être le costume
traditionnel de ce peuple.

La cité, qui réunissait des habitations aux murs en pierre de taille beige
et aux toits de bardeaux de pin, était
ridiculement petite. La sorcière et son
compagnon devaient baisser la tête
pour contempler le château en mo-
dèle réduit qui s'étendait à leurs pieds.
Pour sa part, le garde ne semblait pas
le moins du monde impressionné par
leur stature : « Halte-là ! que je vous
renifle avant de vous autoriser à pénétrer dans ces lieux », clama-t-il. Il

fallait en effet dégager une agréable odeur d'arbre ou de fleur afin d'y être admis. Pour Xavier, cela ne posa aucun problème vu qu'il sentait bon le sapin. En revanche, le garde parut perplexe devant Effroyable Mémère. « Sapristi que vous fleurez drôle ! On dirait un mélange de feuilles mouillées et de… viande. » La sorcière voulut se vanter de sentir le boudin de dinosaure sans penser, alors que c'était de notoriété publique, que les Pommes de pin étaient végétariens. Heureusement, Xavier l'interrompit et sauva l'affaire en affirmant que le parfum de feuilles mouillées s'associait, dans ce cas précis, à celui de l'humus, d'où une odeur qu'on pouvait confondre avec celle de la viande.

Les visiteurs obtinrent finalement la permission d'entrer et le pont-levis fut abaissé. Cependant, ils restaient immobiles, figés devant l'étroitesse de l'ouverture, qui faisait à peine un pied de hauteur et une main de largeur. « Allez-y, sapristi ! On n'a pas toute la journée », s'impatienta le garde. Sans crier gare, ils se retrouvèrent à l'intérieur de la ville.

– Ça alors ! s'étonna le jeune homme. Le château, qui était riquiqui lorsque nous étions à l'extérieur, est devenu gigantesque.

–Pas gigantesque, Xavier, seulement à notre dimension. La cité des Pommes de pin s'adapte toujours à la taille des gens qui y pénètrent, c'est bien connu.

–Tu aurais pu me le dire !

–Il faut toujours se méfier des rumeurs. Moi, je crois uniquement ce que je vois.

–Et tu fais croire aux gens ce qui ne se voit pas ! Des fantômes et toutes ces sornettes.

–Tu te trompes : je leur fais voir ce qu'ils n'osent croire.

–C'est pire…

Les deux compagnons discutaient en déambulant dans des rues pavées désertes. Xavier s'étonna de ne rencontrer âme qui vive. Toutes les portes des maisons étaient closes et les volets tirés. Effroyable Mémère lui expliqua que, tant qu'ils n'auraient pas salué officiellement la princesse Pomme de pin, personne ne leur adresserait la parole. Déconcerté, Xavier lui demanda si les Pommes de pin agissaient toujours ainsi envers les étrangers :

– Non, seulement envers les sorcières.

– Là, tu me rassures, lui confia-t-il, de plus en plus perplexe. Pour créer une diversion, il lui proposa de la menthe à mâchouiller.

– J'en veux pas de ta fichue menthe ! À force d'en mâcher, mes belles dents noires sont devenues toutes blanches, grommela Effroyable Mémère.

– Oui et, en prime, tu as bonne haleine.

– Satapoisse ! Je sens les feuilles mouillées, j'ai les dents blanches et j'ai bonne haleine. J'ai même maigri, tellement j'ai marché. Désormais, personne ne va me craindre ni me fuir.

— Il va falloir faire une croix sur le calendrier, conclut Xavier, qui riait de bon cœur de voir la sorcière aussi contrariée d'être devenue quelqu'un d'un peu plus fréquentable.

Ils étaient parvenus au pied du château. Il s'agissait d'une majestueuse demeure rectangulaire construite dans les mêmes matériaux que les autres habitations de la cité : des pierres couleur sable pour les murs et des bardeaux de pin aux reflets dorés pour la toiture. Quand on s'en approchait, on constatait néanmoins un truc bizarre. Les épaisses parois flanquées de quatre tours se dressaient, immenses, sans aucune entrée. Xavier et Effroyable Mémère firent trois fois le tour des lieux et durent, en fin de compte, admettre cette chose incroyable : le château n'avait pas de porte. Par ailleurs, les premières fenêtres s'élevaient à trente mètres au-dessus du sol. Les deux voyageurs étaient fatigués, découragés et affamés. Ils s'assirent donc pour casser la croûte.

• • •

Il leur restait à peine de quoi grignoter : quelques grains de fromage, deux galettes au tournesol et un caramel à la gomme de pin. Effroyable Mémère dénoua son balluchon pour en faire une nappe. Xavier aperçut le bocal contenant le cloporte, l'araignée et la chenille :

– Qu'est-ce que c'est ? demanda-t-il.

– Un cloporte, une arai…

– Non! Je veux dire : que fais-tu avec ça dans ton paquet ?

– C'est Titanouc qui me les a donnés pour qu'ils m'aident. Moi, j'aimerais mieux les transformer en chips. La seule chose que les cloportes savent faire, c'est se cacher sous les pierres. Quant aux chenilles, une fois, il y en a une qui a tissé son cocon dans le trou de la serrure de mon coffre à poisons. Ma clef est restée coincée dans le cocon, alors j'ai dû attendre la métamorphose du papillon avant de pouvoir récupérer mes potions.

– J'ai une idée, s'écria Xavier. Une super idée ! Une su-su-super idée !

– Dis-la vite, implora Effroyable Mémère, intriguée de voir Xavier si fébrile.

– Nous allons demander au cloporte de trouver la porte du château.

– Quel plan farfelu !

– Pas du tout. Les cloportes se cachent sous les pierres, comme tu l'as dit. Par conséquent, ils sont bien placés pour savoir ce qui se passe derrière les murs.

– Oh ! Je n'y aurais pas pensé. Tiens, je te donne le cloporte. Explique-lui ton projet.

– Minute, minute ! C'est ton cloporte à toi, rien qu'à toi. Il t'écoutera bien mieux que moi.

– T'es fou ou quoi ? !

Pour toute réponse, Xavier déposa le cloporte au creux de la main de la sorcière. Le minuscule animal au corps ovale et brunâtre muni de quatorze pattes se tenait immobile dans la paume d'Effroyable Mémère, attendant qu'elle se décide enfin à lui parler. Elle s'accroupit et posa la main sur le sol. « Va sous la muraille du château et trouve-nous une porte », ordonna-t-elle. Le cloporte ne bougea pas d'une poussière. « T'es sourd ou quoi ? ! Vas-y, sinon je t'écrabouille jusqu'à ce que tu deviennes de la bouillie pour les vers de terre », hurla-t-elle. Le cloporte ne broncha pas davantage. « Maudite bestiole, je vais… » La sorcière n'avait pas terminé sa phrase que la « maudite bestiole » avait disparu. « Bravo ! gronda Xavier. Qui voudrait aider quelqu'un d'aussi malveillant que toi ? »

Xavier et Effroyable Mémère se boudaient depuis au moins vingt-trois minutes. « Bon d'accord, j'ai été désagréable avec le cloporte et il est parti à cause de moi. Pourtant, je ne suis pas réellement méchante. C'est simplement que je ne sais pas comment faire pour être gentille», confia la sorcière d'une toute petite voix. Xavier soupira : « Si seulement tes regrets pouvaient ramener… » Il s'interrompit en apercevant soudain le cloporte, qui, mine de rien, était revenu se balader dans les parages. Xavier murmura à l'oreille d'Effroyable Mémère que c'était le moment ou jamais d'exercer son amabilité.

La sorcière réfléchit longuement avant de s'adresser à nouveau au cloporte, qui avait élu domicile sur le bout de sa chaussure : « J'ai un service à te demander. Avant, je veux m'excuser de t'avoir insulté… Monte sur ma main au lieu de rester planté là, à moins que tu ne tiennes mordicus à flairer mes pieds empestant le fumier de crapaud. » Elle se tut un instant, avant de continuer :

—Je disais que j'ai un petit… euh… un grand service à te demander. Les cloportes ont la réputation de pouvoir se glisser partout, même derrière les portes que l'on clôt à double tour. C'est pour cela qu'on vous appelle des « clo-portes ». Donc, pourrais-tu passer sous la muraille à la recherche de la porte que l'on a close et qui nous empêche de pénétrer dans le château ? S'il te plaît… Sinon, nous ne pourrons pas continuer notre voyage.

Le cloporte disparut tranquillement sous la première pierre, au grand soulagement d'Effroyable Mémère : « Ouf ! Je me sentais misérable d'avoir gâché notre seule chance de trouver la porte de ce fichu château. J'ai sommeil, pas toi ? » Xavier acquiesça en bâillant tellement fort que la sorcière vit le fond de son estomac vide. Ils se couchèrent sous un vieux pin. Le lendemain matin, une surprise les attendait. Tracé par terre au pied de l'arbre, il y avait un plan du château et de ses quatre tours. Chaque pierre formant la base de la tour située au sud-ouest était représentée. On avait fait un X sur la plus petite de ces pierres. Effroyable Mémère n'en croyait pas ses yeux : non seulement le cloporte avait découvert l'entrée du palais mais, en plus, il l'avait dessinée. Elle cria à pleins poumons : « Merci, le cloporte ! Tu as été extraordinaire. À compter de cette seconde précise, juré craché, je cesse définitivement de manger des chips de cloporte au barbecue ! »

Chapitre 5

Des obstacles en série

Xavier et Effroyable Mémère se précipitèrent jusqu'à la tour sud-ouest et s'agenouillèrent afin de l'inspecter. Ils repérèrent facilement la pierre indiquée par le cloporte après avoir écarté les hautes herbes qui en cachaient la base. L'inscription suivante y était gravée :

Qui viendra ici
Et tendra la main
Entrera sans souci
Au château des Pommes de pin

La sorcière pressa aussitôt sa paume contre la pierre, qui pivota. Formidable ! Ils avaient découvert le passage secret du château. Ils s'y engagèrent, toujours à genoux. Ouh là là ! Il faisait noir là-dedans comme dans un four. Fort heureusement, une fois à l'intérieur, Xavier et Effroyable Mémère purent se tenir debout.

Ils durent franchir une distance de cent cinquante-trois pas dans l'obscurité la plus totale, n'arrêtant pas de se cogner et de trébucher. Tout ce que l'on entendait dans le passage secret, c'étaient leurs cris de douleur répétés à l'infini : « Aouch, ouille, aïe, ayoye, aïe, ayoye, aïe aïe aïe ! » Ils arrivèrent enfin à un carrefour éclairé par des torches fixées au mur. Six tunnels s'y croisaient :

– Quel chemin prendre ? s'enquit Xavier.

–Je ne sais pas. J'ai envie de pipi, gémit la sorcière en se tortillant. Où sont les toilettes ?

–Franchement ! Il n'y a pas de toilettes dans les passages secrets.

–Bon alors, s'il n'y a pas de toilettes, où est la sortie de secours ?

–Tu ne te demandes pas où est caché le plan du passage secret, tant qu'à faire ?

–Si, justement, j'allais t'en parler.

Xavier était abattu. Pensez-y. Quand on est perdu au fin fond d'un château en compagnie d'une sorcière, on se dit qu'elle va prononcer une ou deux formules magiques et qu'on sera vite tiré d'affaire. Eh bien non ! Effroyable Mémère n'avait aucun pouvoir, mais elle avait une vessie. Et sa vessie étant pleine, elle devait se soulager. Découragé, le jeune homme s'était pris la tête à deux mains. Effroyable Mémère ne s'en rendit pas compte, car elle se promenait au beau milieu du carrefour, à quatre pattes, le nez presque collé par terre. « Où est cette fichue dalle des pas perdus ? ! » s'exclama-t-elle au bout de quelques minutes. « La dalle des pas perdus… Qu'est-ce que c'est ? » interrogea Xavier. La sorcière, beaucoup trop absorbée par sa recherche, ne lui répondit pas. Elle faisait des croix, à l'aide d'un caillou, sur chaque plaque de pierre qu'elle inspectait. « Satapoisse ! Même s'il faut que j'examine cent mille dalles, je vais finir par la dénicher », maugréa-t-elle.

– La dalle des pas perdus… Qu'est-ce que c'est ? répéta Xavier.

– Hein ? Quoi ? Ah oui ! Pour éviter que les gens errent sans fin dans les passages secrets, il y a toujours une dalle sur laquelle est gravé un plan du château. Tu ne peux la découvrir que si tu es vraiment perdu. C'est pourquoi on l'appelle la dalle des pas perdus.

– Et si on n'est pas perdus ?

– Ben, on ne trouve pas la dalle.

– Oui, seulement là, nous sommes perdus ou pas ?

– Ben, ça dépend si on trouve la dalle…

Xavier soupira tandis qu'Effroyable Mémère scrutait de nouveau le sol. Après à peine deux minutes, elle tomba enfin sur la précieuse dalle. «Vite! Où sont les toilettes les plus proches? Là? Non. Ici? Non. Là? Oui!» La sorcière se rua vers le tunnel situé juste à sa gauche. Xavier saisit leurs balluchons et courut en criant: «Attends-moi! Attends-moi!»

• • •

Cela faisait un bon moment que Xavier et Effroyable Mémère progressaient dans les souterrains du château, sachant dorénavant où diriger leurs pas. Ils avaient visité les toilettes, parcouru la galerie des Chevaliers, celle des Armuriers, puis ils avaient soigneusement contourné la place des

Duels. Ils s'étaient ensuite rendus au couloir des Courants d'air, dans lequel s'engouffraient le vent du nord, le vent d'automne, le vent d'hiver, le vent du large et le vent d'orage. Ils avaient dû s'y glisser, le long de parois glacées, et endurer les terribles hurlements des vents sans frémir, tout en affrontant de violentes bourrasques qui charriaient des arbres déracinés, des feuilles mouillées et des cadavres déterrés.

Ils sortirent de là terrifiés et frigorifiés. Xavier s'effondra :

— Je n'en peux plus. J'abandonne.

— Allons ! Si l'on se fie au plan de la dalle, il ne nous reste plus qu'à monter l'escalier du Fou du roi et nous serons dans la salle du trône.

— Non, non, je n'en peux plus. Continue sans moi.

—Voyons, Xavier, c'est impossible. Sans toi, je ne suis rien qu'une vilaine sorcière grincheuse et je n'ai aucune chance de terminer ma mission. Allez, lève-toi! Regarde : cet escalier mène directement à la salle du trône.

—Et quoi encore? Je parie qu'il est composé de trente-deux mille marches et qu'elles sont faites en guimauve.

Effroyable Mémère examina l'escalier, prise d'un doute :

—Non. J'en compte seulement vingt-six. Elles sont plates, elles sont larges, elles ont l'air solides. Ça devrait aller.

Elle commença à gravir les marches, suivie de près par son camarade. Elle se mit aussitôt à rire à en perdre haleine. Elle aurait parié qu'une main de fer, pourtant invisible, essorait chacune de ses côtes comme on tord une vulgaire éponge imbibée d'eau de vaisselle. Xavier fut pris, à son tour, d'un fou rire incontrôlable. La main invisible s'acharnait aussi à lui broyer impitoyablement les côtes. Le garçon et la sorcière en perdaient tellement le souffle qu'ils étaient carrément en train de mourir de rire, là, sur les marches de cet escalier ensorcelé. Pour avoir la vie sauve, les deux amis devaient cesser immédiatement de rigoler. Xavier eut la présence d'esprit de songer à quelque chose de tragique afin de conjurer le maléfice de l'escalier du Fou du roi.

Il se remémora un matin d'automne où il avait été témoin de la mort d'un faon. L'animal n'avait pu éviter un piège à cause de son inexpérience des périls de la forêt et en raison d'un brouillard particulièrement dense ce jour-là. La biche se tenait au pied de son petit, le léchant tendrement. Au moment où Xavier était parvenu à le délivrer, il était trop tard : le faon était mort. La biche avait léché la main du jeune homme en guise de remerciement. Xavier lui avait caressé la tête et elle avait levé sur lui des yeux si pleins de douleur et d'incompréhension qu'il en fut bouleversé. D'un bond, elle regagna les bois tandis qu'il dut se sauver, car les braconniers venaient chercher leur butin.

Maintenant, Xavier pleurait. Ce n'était plus drôle du tout. En revanche, il pouvait respirer. Il somma Effroyable Mémère de penser à un événement qui l'avait déjà attristée. Elle lui répondit avec difficulté, en hoquetant de rire, que jamais rien ne lui avait causé du chagrin, puisqu'elle avait un cœur de pierre, ou plutôt de

sorcière (ce qui est exactement sem-
blable). Xavier n'insista pas, sachant
qu'elle disait vrai : il n'avait qu'à se
souvenir du mauvais sort à la glu
qu'elle lui avait jeté tandis qu'il l'avait
hébergée et guérie de sa méchante
toux, ou encore de son malin plaisir
à transformer les bestioles en chips.
Toutefois le temps pressait : Effroyable
Mémère était à bout de souffle. Xavier
empoigna les balluchons d'une main
et la sorcière de l'autre, et se hissa en
haut de cet escalier maudit. Lui pleu-
rant, elle riant, ils arrivèrent à la salle
du trône.

Chapitre 6

Un étrange accueil

Désert! Le château était aussi désert que le reste de la cité! L'impressionnante porte de chêne de la salle du trône n'était pas gardée. Par contre, elle était verrouillée. Quelqu'un y avait cloué un sonnet transcrit sur une écorce de bouleau:

Sa Majesté la princesse Pomme de pin
S'est rendue d'urgence aux rochers des Sapins
Négocier un accord d'échanges équitables
Renonçant à votre compagnie agréable

Elle est navrée et vous enjoint de repasser
En revenant de la vallée des Graminées
Dans l'immédiat, sustentez-vous, reposez-vous
Et filez à la tour des Pinèdes surtout

Si d'abord votre virée semble touristique
Ne sous-estimez pas le danger des moustiques
Évitez une mortelle déconvenue

Sachez que les araignées tissent des fils d'or
Et que seuls les inconscients souhaitent leur mort
Puis sautez dans le vide, cœurs et têtes nus

Effroyable Mémère exprima son mécontentement en scandant: «Nous sommes là, le cœur vaillant et les pieds saignants. Était-ce trop demander qu'un peu d'hospitalité? Sapristi que je suis en furie!» Elle arracha l'écorce de bouleau de la porte et la fourra dans son balluchon. Tandis que la sorcière bougonnait dans son coin, considérant qu'elle avait été fort mal accueillie, Xavier prenait les choses avec philosophie. Une fois de plus, de sages paroles sortirent de sa bouche:

– Écoute, Effroyable Mémère, le poème nous invite à nous reposer et à nous sustenter… N'est-ce pas une forme d'hospitalité ?

– Me reposer, je veux bien étant donné que je suis exténuée. Me sustenter, je n'en suis pas sûre…

– Tu n'as pas faim ? demanda Xavier, étonné.

– Si, je suis affamée. Je donnerais ma vie pour croquer quelques yeux de crapaud accompagnés d'un plat de pâtes.

– Bon alors, tu souhaites te sustenter.

– Non, non, non et nenni : je te dis que je veux manger !

– C'est la même chose, sauf que se sustenter, c'est une façon poétique de dire se nourrir.

– Poétique ? Satapoisse ! Je n'ai pas du tout besoin de poésie. Je désire seulement un bon plat de spaghettis.

Le souhait d'Effroyable Mémère ne fut qu'à demi exaucé lorsque des mets et des couverts apparurent comme par enchantement. Elle put en effet déguster de succulentes pâtes à la crème et aux petites olives du désert. Elle dut cependant se passer des yeux de crapaud, puisque le végétarisme était la diète en vigueur à la cité des Pommes de pin. Xavier se régala d'un couscous aux petits fruits secs et aux noisettes. Une fois rassasiés, les deux amis partirent à la recherche d'un endroit où dormir. Ils trouvèrent aisément l'aile des chambres d'invité et eurent l'embarras du choix. Des plaques d'or vissées sur les portes leur indiquèrent qu'il y avait des chambres pour la fin de semaine, d'autres pour les grandes vacances et même pour l'invité du mois. Ils optèrent pour la chambre de très courte durée. Son mobilier était composé d'un seul grand lit à baldaquin qui sentait le tilleul, mais, si l'on y couchait plus de deux nuits, les ressorts du matelas se changeaient en épines. Cela leur convenait parfaitement. Ils étaient pressés d'arriver à la vallée des Graminées et n'avaient guère l'intention de traîner au lit.

Une fois bien à l'abri sous les couvertures, Xavier questionna Effroyable Mémère au sujet de la tour mentionnée dans le sonnet. *Filez à la tour des Pinèdes…*

– Elle se trouve à l'extrémité nord de la forêt des Pins sauvages, lui expliqua-t-elle. Selon les rumeurs, celui qui aperçoit la tour n'a plus à craindre pour ses jours.

– Mais de quoi parles-tu? Est-ce si

dangereux de traverser la forêt des Pins sauvages ?

– Nou-oui, fit la sorcière en hésitant.

– Tu me caches quelque chose…

Bien sûr qu'elle lui cachait quelque chose. Elle n'allait tout de même pas lui dire que cette forêt était un des repaires préférés des… des…

– Des moustiques ! Oui, c'est ça, Xavier. Souviens-toi. Le sonnet dit ne pas sous-estimer les moustiques. Il y en a vraiment beaucoup dans cette forêt. À cause de… des cons… je veux dire des… des… des conifères.

Xavier éclata de rire :

– Franchement ! C'est rien que ça ?

– Euh… oui.

– Voyons donc ! La citronnelle vient à bout de tous les moustiques de l'univers. Allez, bonne nuit !

– Bonne nuit.

Le jeune homme s'endormit sur-le-champ, alors que la sorcière se retourna trente-huit fois sur le matelas, de plus en plus terrifiée. Ces fameux moustiques n'étaient pas comme les autres. Ils avaient des ailes et adoraient le sang humain, mais ce n'était pas à proprement parler des insectes. L'auteur du poème n'avait sans doute pas voulu les affoler. Toutefois, Effroyable Mémère avait rapidement compris qu'il s'agissait d'une sérieuse mise en garde : les moustiques en question étaient, en réalité, des dragons d'argent.

Chapitre 7

La forêt des Pins sauvages et de tous les dangers

En se réveillant, Xavier et Effroyable Mémère aperçurent un plateau de petit-déjeuner déposé sur leur lit. La boisson tonique à l'orange et au gingembre ainsi que les brioches au zeste de citron ravirent leurs papilles gustatives. Après s'être sustentés, ils firent leur toilette en vitesse et s'aspergèrent de citronnelle. Ils furent touchés de constater qu'on avait rempli leurs balluchons de provisions et de pièces d'or. Xavier avait dormi comme un bébé. Effroyable Mémère, comme un bébé agité. Cependant, elle était parvenue à reprendre son calme.

Ils quittèrent la cité des Pommes de pin sous un soleil d'automne doux et bienfaisant. Une vallée s'étendait de la cité à la forêt des Pins sauvages. Des champs de céréales alternaient avec des vergers, des vignobles et des roseraies, traçant des carrés réguliers dans le paysage. Ce damier était traversé par une comète d'eau, un ruisseau fantasque qui se moquait des lignes droites. Les deux amis s'extasièrent devant ce tableau champêtre, mais ne flânèrent pas en route. Le chant des oiseaux les accompagna jusqu'à l'orée de la forêt, où ils furent accueillis par de majestueux pins centenaires.

Après deux cents pas à peine, ils eurent l'impression que les bois se refermaient sur eux. La silhouette des pins était devenue inquiétante, effrayante. En s'enfonçant toujours davantage dans l'antre des conifères, ils entendirent les remous de la rivière des Profondes profondeurs. Ces eaux étaient aussi tumultueuses que profondes. Il fallait prendre garde de ne pas y tomber, sinon c'était la noyade assurée. Heureusement, il n'y avait rien à craindre dans l'immédiat, puisque la rivière n'était pas encore visible et qu'on ne devait pas la traverser pour se rendre à la tour des Pinèdes.

En fait, la sorcière avait un tout autre sujet d'inquiétude. Elle redoutait de se retrouver nez à nez avec un dragon d'argent. En même temps, puisque l'automne était avancé, elle espérait que la plupart d'entre eux avaient déjà migré vers le Sudiskan, en quête d'un climat plus clément. Peut-être ne restait-il plus aucun dragon en ces lieux ? Peut-être n'en restait-il qu'un ? Un vieillard trop faible pour aller vers le sud et, donc, pour les attaquer. Ou un jeunot si robuste qu'il se fichait bien d'avoir à affronter le terrible hiver de la forêt des Pins sauvages. Satapoisse ! Il fallait prévenir Xavier sans délai.

– T'ai-je parlé des dragons d'argent ? demanda-t-elle, mine de rien.

– Des quoi ?

– Des dragons d'argent. Euh… Ce sont des moustiques très particuliers… Ils sont éléphantesques, ils ont des ailes d'une envergure… monstre et ils se nourrissent de sang… Surtout celui des humains.

– Qu-quoi ? !

– Pas si fort, Xavier. Tu vas nous faire repérer.

•••

Trop tard ! La sorcière eut à peine
le temps de plaquer son compagnon
contre un pin qu'un fringant dragon
d'argent surgit entre les arbres. Il faisait

au moins seize mètres de long et ses ailes déployées mesuraient bien quatre mètres chacune. Des écailles d'argent étincelaient sur tout son corps, sauf sur son poitrail, recouvert d'une épaisse peau aux reflets cuivrés. Quant à son interminable queue, elle était garnie d'ailerons tranchants et brillants. Ce prédateur était tout simplement splendide. Effroyable Mémère, cachée avec Xavier, avait les yeux rivés sur le monstre, qui venait d'atterrir. Elle fut soulagée de constater qu'il possédait un reste de fourrure sur le museau et que ses cornes n'étaient pas tout à fait effilées.

– C'est un jeune mâle qui n'a pas encore terminé sa croissance, chuchota-t-elle à l'oreille de Xavier.

– Qu'est-ce que ça change? murmura-t-il.

– Pas grand-chose, sinon qu'il doit encore avoir un caractère un peu enfantin. À leur naissance, les dragons sont aussi inoffensifs que des chatons. Ils adorent s'amuser. Ils conservent d'ailleurs longtemps ce comportement…

– Ça suffit ! Peu importe ce que tu dis, les dragons ne sont ni des minous ni des moustiques. Et si celui-ci nous flaire, ce n'est pas l'odeur de la citronnelle qui va le repousser.

– Je crois même qu'elle l'a attiré !

La bête fonçait effectivement sur eux et rien n'indiquait qu'elle voulait s'amuser. Effroyable Mémère s'écria sans réfléchir : « Microcrottes, macrocrottes, transforme-nous en camelote ! » Aussitôt dit, aussitôt fait. Les deux amis se mirent à rapetisser alors qu'un large ovale de plastique noir apparut sous leurs pieds. Puis un dôme de verre vint se poser au-dessus d'eux et se fixer sur le pourtour de l'ovale. Enfin, de grosses billes blanches couvrirent le sol, au milieu duquel trois sapins poussèrent aussi rapidement que le mercure monte dans un thermomètre quand on fait 40 °C de fièvre.

– C'est quoi, ce délire ? demanda Xavier.

– Un souvenir d'enfance, répondit Effroyable Mémère. Quand j'étais petite, j'ai reçu un globe de verre avec trois sapins au centre. Lorsque je le secouais, de la neige tombait sur les conifères. C'était magique. Mais je l'ai brisé en un rien de temps. De la vraie camelote !

– Hé ! Tu n'aurais pas pu nous téléporter au lieu de nous changer en camelote !

–Téléquoi ? De toute façon, ça ne rime pas avec macrocrottes. Tu voulais quoi ? Que je nous métamorphose en biscotte ou en compote pour dragon ?

–Ah ! Parce qu'en plus, tes formules doivent rimer. Pas étonnant que tes pouvoirs soient si limités… Bon sang ! Il ne manquait plus que ça : de l'eau !

–Pas de l'eau, Xavier, de la flotte ! Sauve qui peut !

Un liquide glacial s'infiltrait dans le globe, tel un déluge. Les deux compagnons furent projetés contre les parois de verre, puis ballottés en tous sens. Xavier parvint à s'accrocher à la cime d'un sapin et à maintenir sa tête hors des flots. Autour de lui, les billes blanches, son balluchon et celui de la sorcière valsaient follement dans les remous. Effroyable Mémère suivait ce rythme endiablé bien malgré elle.

Elle allait se noyer. Dans un geste désespéré, Xavier allongea un bras au maximum, attendit que son amie passe près de lui et la saisit par les cheveux. Accrochés l'un à l'autre, ils s'agrippèrent tout en haut de l'arbre. Au même instant, le courant ralentit : l'eau avait fini de s'accumuler. Enfin une accalmie…

C'était compter sans le dragon, qui venait d'apercevoir l'étrange petite chose au sol. Debout sur ses pattes de derrière, il s'avança, gagné par la curiosité. Son poids faisait trembler la terre. Après l'inondation, le séisme ! Xavier et la sorcière se cognaient la tête contre le dôme chaque fois que la bête féroce progressait d'un pas. Le jouet eut beaucoup de succès auprès du jeune dragon, fasciné par cette boule qu'il suffisait de secouer pour faire tomber la neige. Les deux étranges bonshommes qui gesticulaient parmi les flocons l'amusaient particulièrement.

Après avoir agité son joujou à plusieurs reprises, le dragon décida de l'étudier de près. Il le tenait à l'endroit, entre ses pattes avant, si bien que les eaux étaient redevenues calmes. Xavier et Effroyable Mémère faillirent toutefois avoir une crise cardiaque lorsqu'il décida de le renifler. Le verre du dôme grossissait tellement ses naseaux qu'ils eurent l'impression d'être aspirés dans un trou noir ! Par chance, l'eau et la paroi masquaient l'odeur de la chair humaine… Puis, le dragon voulut savoir si le globe pouvait se sucer comme un bonbon. Il le lécha de sa longue langue râpeuse orangée, qui se transforma, toujours par le jeu grossissant du globe, en une immense coulée de lave. Xavier et la sorcière nageaient de frayeur en frayeur. Le prédateur, après avoir reniflé et goûté à la boule, jugea qu'elle n'était pas bonne à manger. Et il s'envola avec son butin dans la gueule.

Il survolait la forêt en déployant ses ailes et en rasant la cime des arbres. Il allait si vite que Xavier et Effroyable Mémère restaient plaqués contre la paroi vitrée. Deux ventouses inarticulées qui avaient fermé les yeux en attendant une mort certaine. À quoi bon lutter désormais ? Survint alors un incident tout à fait ordinaire. Le dragon éternua, ce qui est fréquent. En effet, ces bêtes attrapent régulièrement des rhumes en raison du contraste entre leur fournaise intérieure (ils crachent du feu, ne l'oublions pas) et les courants d'air froid des cieux qu'ils sillonnent. Bref, le dragon éternua, lâcha sa trouvaille et ne chercha pas à la récupérer. Il savait bien qu'à la longue il s'en serait désintéressé.

Chapitre 8

La tour des Pinèdes

Les branches des pins amortirent la chute du globe. Le jouet s'écrasa sur le sol sablonneux de la forêt et libéra, en se brisant, une grosse vague, aussitôt bue par le sable. Xavier et Effroyable Mémère se retrouvèrent les fesses à terre, dos à dos, sans la moindre égratignure. Ils avaient repris leur taille normale et leurs habits étaient secs. Ils allaient volontiers se passer de bain pour les siècles à venir…

Ce fut Xavier qui l'aperçut le premier. Droit devant lui, une imposante construction en pierre de taille beige, dans la plus pure tradition architecturale de la cité des Pommes de pins, pointait fièrement ses créneaux vers le ciel. Le jeune homme la compara à un joyau d'ambre dans l'écrin sombre de la forêt. Mais Effroyable Mémère estimait que ce n'était pas le moment de faire de la poésie. Elle prit son ami par la main et ils coururent jusqu'à ce refuge, éprouvant l'immense soulagement du voyageur égaré qui a retrouvé son chemin.

– Elle est belle, cette tour ronde, nota Xavier.

– Ben quoi, elle est ronde comme toutes les tours.

– Il en existe aussi des carrées.

– Je m'en fiche, Xavier ! Cette construction, qu'elle soit ronde ou carrée, tout ce que je remarque, c'est qu'elle est drôlement haute, alors que, moi, mes batteries sont à plat.

–Tu as raison. On pourrait s'encourager en comptant les marches.

–T'es fou ou quoi ? ! J'ai assez de grimper, je ne vais pas me mettre à calculer en plus.

À la fin de leur ascension, Xavier annonça, non sans orgueil, qu'ils avaient gravi six cent soixante-huit marches.

–Tu en as oublié deux. L'escalier de cette tour a six cent soixante-dix marches, c'est bien connu.

–Connu de qui ? questionna Xavier.

–Tous les guides touristiques de sorcières le mentionnent.

–Tu n'aurais pas pu me le dire ?

–J'ai pensé que tu aurais le pied plus léger si tu ne savais pas la vérité. J'ai voulu être gentille, pour une fois.

Xavier remercia Effroyable Mémère en lui faisant la bise.

—Je n'en veux pas, de tes sales bisous ! Je suis vraiment le déshonneur de ma profession. On n'embrasse pas les sorcières, on les craint. Aïe, ça me pique ! se plaignit celle à qui les baisers donnaient de l'urticaire.

Le garçon éclata de rire en voyant son amie se gratter et s'offusquer ainsi, puis il admira le paysage qui s'étendait à perte de vue. La vallée des Graminées se trouvait sur la rive opposée de la rivière des Profondes profondeurs. Elle était composée de cultures céréalières (maïs, blé, orge, avoine, riz…), de plantations de roseaux, de bambous et de cannes à sucre. Il y avait aussi des champs de tournesols et de coquelicots. Enfin, des plantes géantes poussaient ici et là parmi les graminées. Elles se dressaient sur d'immenses tiges et s'agitaient dans tous les sens, ce qui intrigua Xavier. Sa compagne lui apprit que ces plantes carnivores dévoraient les insectes nuisibles dès qu'ils voltigeaient alentour. Clac! Clac et clac! Elles les avalaient tout rond. Au beau milieu de son explication, Effroyable Mémère lança son juron favori:

– Satapoisse! Je ne vois aucun pont pour traverser la rivière.

– Triple saut de grenouille, c'est bien trop vrai! Qu'allons-nous faire?

• • •

La rivière des Profondes profondeurs grondait. Elle était déchaînée. Impossible de la franchir à la nage ni même sur un radeau.

—Donne-moi le sonnet s'il te plaît, dit Xavier.

—Attends, il est au fond de mon balluchon… Tiens, le voici.

Il relut la dernière strophe à Effroyable Mémère :

Sachez que les araignées tissent des fils d'or
Et que seuls les inconscients souhaitent leur mort
Puis sautez dans le vide, cœurs et têtes nus

—Et, comme pour le cloporte, j'imagine que je dois convaincre cette araignée de nous aider, soupira la sorcière.

—Tu imagines bien.

—Je lui demande quoi ? Qu'elle nous tisse un pont en or ?

—Tu es un génie !

—Je blaguais, Xavier.

—Non ! Ton idée est géniale. Sors l'araignée de ton ballot.

Effroyable Mémère retira la bestiole de son bocal pour la déposer par terre et lui demander un immense service : « Pourrais-tu nous tisser un pont suspendu ? » L'araignée resta clouée au sol, attendant manifestement quelque chose d'autre. Xavier comprit ce qu'elle désirait :

– Elle veut de l'or. Donne-lui tes pièces.

– Il n'en est pas question. C'est mon or. Donne-lui les tiennes.

– Ça ne marchera pas…

– J'en ai marre, protesta la sorcière. C'est à moi que Titanouc a donné l'araignée, c'est donc mon or qu'elle veut. Et patati et patatère ! Tiens, l'araignée, je te laisse mon trésor et je me couche pour ne plus y penser.

L'arachnide ne s'en allait toujours pas. Cette fois, ce fut Effroyable Mémère qui sut pourquoi :

– OK. Je te promets de ne plus

manger de chips d'araignées au vinaigre. De toute façon, c'est trop aigre et ça me donne des brûlures d'estomac. Aide-nous, s'il te plaît!

À ces mots, l'araignée fila à ses occupations. Il faisait presque nuit. Xavier, épuisé, s'étendit à côté de la sorcière. Ils s'endormirent sur-le-champ. À leur réveil, ils furent épatés. L'araignée avait tissé un câble d'or qui partait du sommet de la tour, franchissait la rivière et menait à la vallée des Graminées. Elle avait aussi laissé une toile dans laquelle une dizaine de mouches dévoreuses de céréales étaient emprisonnées. C'était la nourriture préférée des plantes carnivores. Xavier plia soigneusement la toile et la mit dans sa poche.

– Nous allons devoir sauter dans le vide, dit-il.

–D'accord.

–Tu n'es pas effrayée ?

–Si, mais je vais vider mon cœur de sa peur.

–Pardon ?

–Je vais le déshabiller de sa frayeur. C'est écrit dans le poème : *Sautez dans le vide, cœurs et têtes nus.* Regarde, je prends ma peur, je l'enlève comme une chemise et je la mets au linge sale. Zou !

Xavier se dévêtit, lui aussi, de sa frayeur. Ils prirent chacun le bâton de leur balluchon et le tinrent en travers du câble. Accrochés à ces fragiles barres, zou ! ils s'élancèrent dans le vide sans un cri. Mais on entendit, jusqu'aux confins de la forêt des Pins sauvages, leurs deux cœurs nus battre à tout rompre.

Chapitre 9

La vallée des Graminées

Xavier et Effroyable Mémère ratèrent leur atterrissage. Ils furent projetés à plat ventre, sur le bord d'un petit fossé boueux, où ils tombèrent face à face avec une famille de crapauds. Une fois relevés, ils sautèrent de joie en chantant : « On a réussi ! On a réussi ! » Les crapauds préférèrent fuir cette compagnie bruyante. Mais la sorcière déchanta en se rappelant qu'elle devait se rendre au dépôt de grains et qu'elle ne savait pas où il était situé. Par chance, un charretier passait à ce moment-là, et il leur proposa de les embarquer. Il les laissa à un kilomètre de leur destination.

Les deux compagnons approchaient enfin de leur but. Soudainement, Effroyable Mémère fut attaquée par des plantes carnivores qui poussaient en bordure du chemin. Xavier s'amusait follement de la voir se sauver en zigzaguant et en se protégeant les fesses. Il lui remit les mouches dévoreuses de céréales qu'il avait conservées dans sa poche. Effroyable Mémère put ainsi distraire les plantes en leur servant leur aliment favori. Xavier en profita pour dire à son amie qu'elle sentait encore un tantinet le boudin de dinosaure. « C'est une odeur répugnante, sauf pour certains carnivores endurcis », observa-t-il.

Le dépôt de grains était un magasin. Chaque sac, peu importe la sorte de céréale désirée, coûtait une pièce d'or. Effroyable Mémère, qui avait donné tout son or à l'araignée, se mit à pleurer de grosses larmes qui achevèrent de laver son visage de toute sa méchanceté. Xavier, étonné, voulut savoir ce qui se passait :

–J'ai fait tout ce chemin pour rien, puisque je n'ai pas de quoi acheter les trois sacs qu'il me faut, répondit-elle en sanglotant de plus belle.

–Voyons, j'en ai, de l'or, moi. Je vais payer.

–Tu… tu ferais ça pour moi ? L'or, c'est ce qu'il y a de plus précieux au monde.

–Tu te trompes. Titanouc pèse bien plus dans mon cœur que tous les lingots d'or. Même toi…

La sorcière lui sauta au cou et l'embrassa, puis elle se lamenta lorsqu'elle se rendit compte de son geste :

–Satapoisse ! Si ça continue, je vais me transformer en princesse.

Ils achetèrent des grains de maïs, d'avoine et de blé résistant aux OGM. Leur mission étant accomplie, ils devaient retourner à la cité des Pommes de pin. À peine sortis du dépôt, ils virent le charretier. « Je me rends justement là-bas, leur annonça-t-il. Montez. Chargez vos effets et installez-vous confortablement. » Même s'ils doutaient d'arriver aussi aisément à bon port, Xavier et Effroyable Mémère grimpèrent dans la charrette. Quelle ne fut pas leur surprise de constater, après une demi-heure, qu'ils s'engageaient sur un pont.

– Depuis quand ce pont existe-t-il ? demanda Xavier.

– Depuis toujours, répondit le conducteur.

– C'est impossible, nous avons dû nous lancer dans le vide pour traverser la rivière des Profondes profondeurs.

– En fait, quand vous êtes sur la rive de la tour des Pinèdes, il n'y a pas de pont. Mais quand vous êtes sur la rive de la vallée, il y en a un.

– Je ne comprends pas.

– N'entre pas qui veut dans la vallée des Graminées, mon garçon. C'est un lieu protégé où il n'est possible de récolter que ce que l'on a semé. Je vois que vous possédez trois sacs de grains. Vous avez donc beaucoup semé sur votre route.

−Qu'avons-nous tant semé ? questionna la sorcière.

−Je crois que nous avons tout bonnement semé le bon grain, celui de l'amitié, conclut Xavier.

Chapitre 10

Une dernière épreuve

Xavier et Effroyable Mémère arrivèrent à la cité des Pommes de pin le soir, sans encombre. Les rues étaient animées et chacun vaquait allègrement à ses occupations. Cette fois, les deux visiteurs n'eurent pas besoin d'entrer dans le château par le passage secret. Comme ils n'étaient plus des inconnus, toutes les portes s'ouvraient à eux. Ils parvinrent aisément à la salle du trône, où la princesse Pomme de pin les accueillit chaleureusement. Pour l'occasion, la pièce avait été décorée d'étoffes soyeuses.

Des roses jaunes et des chrysan-
thèmes violets garnissaient les tables
d'érable massif. On leur servit un fes-
tin végétarien qui aurait pu rassasier
un ogre. Les pâtés de légumes, les tartes
aux lentilles, les sorbets aux essences
de fleurs, tout, absolument tout était
délicieux. La princesse prit la parole
à la fin du repas :

—Vous avez surmonté de nombreux
obstacles afin de fournir des sacs de
grains anti-OGM à Titanouc. Ah, ces
détestables ogrelets gobe-moissons !
Ils saccagent toutes nos cultures. Si
nous n'étions pas végétariens, nous
les apprêterions volontiers en salade.
Passons… Chers amis, l'heure des
retrouvailles est venue.

« Koui koui koui koui kouik ! »
Titanouc jaillit d'une cheminée,
comme il l'avait fait dans la cabane

de Xavier. Il vola jusqu'à son ami et se posa sur son épaule. Quelle scène touchante que cette longue accolade ! La princesse attendit un peu avant de poursuivre :

–Titanouc était mon envoyé auprès de Xavier, qu'il devait seconder en toutes circonstances.

–Satapoisse ! s'exclama Effroyable Mémère.

–Comme vous dites, reprit la princesse en souriant. Par votre intervention, vous avez changé le cours des choses. Il n'était pas prévu que Titanouc devienne votre prisonnier.

–Il s'est libéré, fit remarquer la sorcière. D'ailleurs, qu'a-t-il fait de mon furet cracheur de pets ?

–Je l'ai apprivoisé, répondit Titanouc.

Sur ce, le furet apparut et vint se frotter contre les mollets de la sorcière.

– Bah ! Tu empestes ! s'écria-t-elle.

– Pas du tout, répliqua Titanouc, offusqué. La pauvre bête avait des ballonnements affreux avec votre diète, alors je lui ai conseillé de manger des fleurs parfumées.

– C'est bien ce que je dis ! rétorqua Effroyable Mémère. Il pue. Mon pauvre furet minet, tu pètes fleuri maintenant.

– Effroyable Mémère, vous êtes inimitable ! se réjouit la princesse Pomme de pin. Désirez-vous toujours votre toupie de bois ?

– Plus que jamais.

– Alors, il vous reste une dernière épreuve. Vous devez faire un tour de magie qui ravira l'assistance.

– Aïe ! Je ne suis pas la meilleure magicienne qui soit. En fait, je n'ai pas un très grand pouvoir.

– C'est parce que vous l'exploitez mal.

Effroyable Mémère ne releva pas le commentaire. Elle tenta plutôt d'imaginer quel sort rimant en « ote » pourrait épater l'assemblée. Elle ne pouvait tout de même pas métamorphoser un des hôtes en marmotte ou en mascotte. Elle cherchait, cherchait. En azote ? En cocotte ? En gnognotte ? En… en… papillote ? Oui ! C'était cela, en papillote ! Elle ramassa son balluchon et le défit afin de récupérer son bocal.

Il n'y restait plus que la chenille. La sorcière la prit délicatement et lui murmura que le temps des papillons était venu. Puis elle déclara d'une voix assurée : « Microcrottes, macrocrottes, que la chenille en papillon se déculotte ! » La formule magique sonnait un peu drôle, mais elle fonctionna. De chenille à chrysalide, de chrysalide à papillon, la métamorphose ne dura qu'une petite minute. Effroyable Mémère souffla au creux de sa main et l'insecte s'envola. Il avait de fines ailes de nacre et, lorsqu'il virevoltait, des éclats d'arc-en-ciel l'accompagnaient. Il se laissa admirer un instant avant de se retirer par une fenêtre entrouverte qui donnait sur une roseraie.

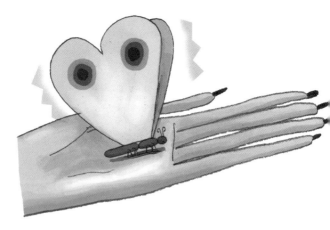

La princesse Pomme de pin rompit le silence d'émerveillement qui régnait dans la salle :

– Vous vous êtes acquittée de votre épreuve avec brio, Effroyable Mémère.

– Ce n'était, somme toute, qu'un très joli papillon, répondit-elle modestement.

– Un papillon de nacre est plus qu'un joli papillon. Savez-vous que la nacre forme de magnifiques perles ?

– Euh…

– Lorsqu'un grain de sable pénètre dans une huître, celle-ci le recouvre de fines couches de nacre, jusqu'à ce qu'il devienne une perle. C'est un processus très lent qui se fait discrètement.

– C'est drôle, on m'a souvent dit que mon cœur de sorcière était fermé comme une huître.

—Il faut croire qu'il n'était pas si hermétique que cela. Tout le monde a ses grains de sable. Xavier et Titanouc ont été les vôtres. Jadis, votre pouvoir consistait à tout détruire. Aujourd'hui, vous possédez celui de transformer. Tâchez d'en user à bon escient. Je vous remets ce coffret contenant votre toupie. Titanouc s'est surpassé en la sculptant.

Effroyable Mémère prit le coffret et l'ouvrit. Elle resta muette devant cette œuvre d'art. C'était une sphère parfaite en dentelle d'ébène rehaussée de ciselures dorées et dont la pointe était en or massif.

—J'ai une dernière chose à ajouter, dit la princesse, avant que vous essayiez votre toupie. Xavier, tu te rappelles que je t'ai nommé chevalier des Pommes de pin, car tu m'avais secourue alors que j'avais perdu non pas la tête, mais les pieds ! Je tiens à souligner combien tu es un preux chevalier.

– Pourtant, je ne me suis pas battu et je n'ai affronté aucun monstre. Du moins… pas directement.

– Tu as fait mieux en ouvrant un cœur, et pas n'importe lequel ! Rares sont les chevaliers qui parviennent à accomplir pareil exploit. Je te remets la baguette de l'ordre de la cité des Pommes de pin. Elle a été sculptée par Titanouc dans le même bois que la toupie de ton amie. Cette baguette d'ébène vaut toutes les épées. Bon ! maintenant, Effroyable Mémère, faites tourner votre joujou sans crainte : il ne se cassera plus.

La sorcière ne se le fit pas dire deux fois. Elle lança sa toupie, pressée d'entendre de nouveau un air de tango.

L'envoûtant «parrrapapam… parrra-papapam… parrrapapam…» emplit la salle, dans un crescendo d'allégresse. Effroyable Mémère et son furet, Xavier et Titanouc, la princesse Pomme de pin et tous ceux qui voulurent bien les suivre firent un cortège de joie à travers le palais. De mémoire de cloporte, jamais les fondations du château ne vibrèrent autant que cette nuit-là.